EN HOMMAGE
AU DR. ERIK KOLÁR
NÉ À PRAGUE EN 1906
DÉCÉDÉ
À NYON EN 1976

MARIONNETTES
du Musée National
▪ Prague ▪

FONDATION NEUMANN ▪ GINGINS

5. 9. 1996 – 2. 2. 1997

INTRODUCTION

Cette exposition est née de l'amitié qui liait la famille Neumann au Docteur Erik Kolár, grand ami et connaisseur du monde de la marionnette, décédé à Nyon il y a 20 ans. Les relations privilégiées qu'entretient la Fondation Neumann avec le Musée national à Prague ont rendu possible la réalisation de cette exposition consacrée aux marionnettes tchèques et dédiée au Docteur Kolár.

La Fondation Neumann tient à remercier très cordialement Monsieur Stloukal, directeur du Musée national à Prague pour l'accueil qu'il a réservé à notre proposition, ainsi que Madame Patková et Monsieur Michálek, collaborateurs de ce même musée, pour l'enthousiasme et le professionnalisme avec lesquels ils ont réalisé cette exposition pour nous.

Le propos de cette introduction n'est pas de retracer l'histoire du théâtre de marionnettes, mais d'en donner quelques repères. L'origine des marionnettes remonte à la nuit des temps, mais peu de documents existent pour attester la popularité dont elles jouissent en Europe depuis l'Antiquité déjà. La première représentation graphique d'un jeu de marionnettes date du Moyen-Age. Le terme lui-même semble provenir du nom Marion ou Mariole qu'on donnait anciennement à de petites figurines de la Vierge Marie. Cette étymologie nous rappelle, qu'en France du moins, les marionnettes sont apparues dans le cadre de spectacles religieux dont le but était d'illustrer des scènes de l'histoire biblique.

A la Réforme et à la Contre-Réforme, les marionnettistes seront expulsés des églises. Tout en maintenant leur répertoire de pièces religieuses, ils deviennent des artistes ambulants, se déplaçant de ville en ville. Parallèlement au répertoire biblique, les montreurs s'inspirent d'épopées telles la geste de Charlemagne ou de thèmes universels tels que Faust. La satire et la comédie sont un autre genre prisé du théâtre de marionnettes qui puisera abondamment à la Commedia dell'arte.

Au cours des XVIème, XVIIème et XVIIIème siècles, le théâtre de marionnettes rendra de plus en plus à se rapprocher du théâtre d'acteurs et aura pour ambition principale d'imiter servilement le jeu humain. En Angleterre, les marionnettes ont une popularité solidement établie. Shakespeare les cite dans plusieurs pièces dont *Romeo and Juliet* et *The Tempest*. Il semble même qu'une rivalité sérieuse opposait les acteurs humains aux comédiens de bois dont ils enviaient le succès. D'ailleurs, lorsque les attaques des puritains condamnent provisoirement les acteurs, ce sont les marionnettes qui s'emparent de leur répertoire, contribuant ainsi à préserver une tradition théâtrale qui était menacée.

L'âge d'or de la marionnette européenne se situe autour des XVIIIème et XIXème siècles. Au siècle des Lumières, le théâtre de marionnettes est fortement influencé par l'art baroque et séduit tous les salons des cours européennes. Voltaire a des paroles élogieuses à son égard et Joseph Haydn compose des oeuvres pour le théâtre de marionnettes du prince Esterhazy en Hongrie, théâtre si renommé que l'impératrice Marie-Thérèse d'Autriche l'invite à Schönbrunn.

Les marionnettes séduiront également l'ère romantique, soucieuse de rassembler et préserver les trésors de la littérature populaire dont la tradition s'était perpétuée oralement. Les écrivains allemands, Friedrich Novalis, Clemens Brentano et E.T.A. Hoffmann sont enthousiasmés par le caractère irrationnel et la force imaginaire des marionnettes. A Nohant en France, Maurice Sand crée un théâtre de marionnettes qui remporte un vif succès et auquel collabore sa mère, George Sand. A la fin du XIXème siècle, un très bel hommage est rendu à la marionnette lorsqu'Alfred Jarry crée sa pièce Ubu Roi au Théâtre des Pantins à Paris et manipule lui-même les poupées réalisées par Pierre Bonnard.

Au début du XXème siècle, artistes et écrivains

continuent à s'intéresser à cette forme de théâtre, convaincus des possibilités de la marionnette et de ses avantages sur les êtres humains. L'écrivain français, Paul Claudel, écrit spécialement pour les marionnettes une pièce intitulée *L'ours et la lune* (1917). En Espagne, le poète Federico Garcìa Lorca met à plusieurs reprises son génie au service des marionnettes pour lesquelles il compose des pièces qu'il met en scène lui-même. La plus célèbre reste sans doute *Le petit retable de don Cristobal* (1931). Pour l'accompagnement musical de certaines de ses pièces, Lorca s'assure la collaboration de son ami, le compositeur Manuel de Falla. A la même époque en Allemagne, Paul Klee crée des marionnettes pour son fils et suscite l'intérêt d'autres artistes du Bauhaus, dont Oscar Schlemmer.

En Tchécoslovaquie, la marionnette a trouvé une terre d'élection. Dans ce pays, qui compte un nombre impressionnant de théâtres spécialisés, la tradition de la marionnette a toujours été, et est encore aujourd'hui, très vivace. C'est notamment à Prague que fut fondée en 1929 l'Union internationale de la marionnette (UNIMA). La marionnette tchèque la plus célèbre est certainement Kašpárek, variante du Kasperl allemand. Véritable héros national, Kašpárek joua un rôle historique en interprétant des satires politiques dans un pays dominé par l'Empire austro-hongrois. Pas étonnant dès lors qu'au lendemain de la libération de la Tchécoslovaquie, des monuments aient été dressés à la mémoire de cette marionnette.

La collection du Musée national de Prague est très riche et nous sommes heureux de pouvoir accueillir un ensemble représentatif, comprenant des marionnettes du XIXème et du début du XXème siècle, ainsi que de nombreux décors et documents graphiques. Ce qui frappe lorsqu'on regarde ces marionnettes, ce sont tout d'abord les couleurs vives des costumes, puis lorsqu'on s'approche, la diversité des expressions et des regards. Figées dans des attitudes un peu artificielles et raides que leur impose le cadre du musée, elles semblent regretter ne pouvoir être mises en mouvement pour nous entraîner dans leur monde imaginaire. Aussi avons-nous invité une artiste de la troupe des Marionnettes de Genève pour animer l'exposition en présentant, à deux ou trois reprises le samedi après-midi, un petit spectacle de démonstration sous forme d'un tour du monde.

Il ne nous reste qu'à espérer que cette exposition haute en couleurs et riche en évocations ravira tant les amateurs d'art populaire que les enfants.

Helen Bieri
conservatrice

LE THEATRE DE MARIONNETTES TCHEQUE

A ses débuts, le théâtre de marionnettes représentait en Bohême, comme ailleurs en Europe, un genre artistique marginal, quand bien même il remplaçait le théâtre d'acteurs pour certaines couches sociales. Le public tchèque connaissait le théâtre de marionnettes par les troupes ambulantes anglaises, italiennes et allemandes. Les localités où s'installaient les marionnettes étaient plus petites que celles où jouaient les troupes d'acteurs; et c'est grâce à elles que les larges couches de la population rurale purent découvrir les créations du théâtre de marionnettes professionnel ambulant. Les plus anciennes références écrites concernant l'existence de ce genre de spectacle datent du XVIIe siècle, mais elles ont surtout un caractère administratif, car elles se rapportent aux autorisations accordées ou refusées aux troupes ambulantes de jouer des pièces de marionnettes. C'est vers la fin du XVIIIe siècle que les marionnettistes jouant en tchèque dans le milieu rural commencèrent à être mentionnés.

Le théâtre de marionnettes, considéré à cette époque comme un art marginal, était joué par des professionnels de bas niveau, ne disposant pas de bons textes dramatiques; mais comme il s'adressait aux larges couches populaires, il devint un véhicule des idées de la renaissance nationale et un instrument de diffusion de la langue tchèque. Le théâtre de marionnettes vraiment tchèque apparut à l'origine comme l'une des composantes de l'art baroque. Dans les théâtres de montreurs populaires, on trouve des traces évidentes de ce premier épanouissement, et ce jusqu'à la fin de leur existence, c'est-à-dire jusqu'à la moitié du XXe siècle. Ces traces se manifestent tant dans le répertoire, que dans la conception plastique des marionnettes et de la scénographie. Il était devenu tout à fait courant d'utiliser une scène en perspective à l'italienne et bordée de frises - inspirée, sous une forme simplifiée, des décors pour acteurs vivants - tels que les créaient Ferdinand et Giuseppe Galli-Bibiena, scénographes baroques bien connus. Le répertoire se composait de pièces traitant les sujets favoris du théâtre de l'époque (Faust, Geneviève, Don Juan, Hercule et Alceste) et de versions abrégées des drames de Shakespeare, apportées par des troupes d'acteurs originaires d'Angleterre et d'Allemagne. Une autre source de sujets pour le théâtre tchèque de marionnettes était la commedia dell'arte, dont les deux représentants les plus typiques - le malin Arlequin et l'obtus Brighella - prêtèrent leurs traits de caractère au Kašpárek tchèque.

Au début du XIXe siècle se constitua un répertoire original de pièces spécifiquement destinées aux théâtres populaires de marionnettes tchèques. Ce n'étaient pas des adaptations de pièces pour grandes scènes ni des dramatisations de textes en prose connus; elles n'apparaissent pas chez les marionnettistes étrangers. On y trouvait des pièces historico-patriotiques, des histoires de chevaliers et de brigands, des comédies et des farces. Donc les mêmes genres que l'on rencontrait dans le répertoire du théâtre dramatique tchèque des années 1812 - 1824. On ne connaît pas avec certitude les auteurs de ces pièces - excepté Prokop Konopásek (1785 - 1828), instituteur à Olešná et auteur de la plus connue des pièces pour marionnettes du temps de la renaissance nationale, c'est-à-dire *Oldřich et Božena ou Kermesse à Hudlice*, et d'une série d'autres pièces formant le répertoire de base joué par les troupes ambulantes. A côté de ces pièces, écrites exclusivement pour les marionnettes, apparurent également, dans le répertoire des montreurs, des adaptations de textes dramatiques de Karel Simeon Macháček, Jan Nepomuk Štěpánek, Václav Kliment Klicpera et Josef Kajetán Tyl.

Un marionnettiste populaire typique de cette période fut Matěj Kopecký (1775 - 1847), appelé aussi "doyen du théâtre de marionnettes tchèque". Il appartenait à une grande famille de comédiens, dont les descendants jouent de nos jours encore du théâtre de marionnettes. Ce fut l'un des nombreux marionnettistes du temps de la renaissance nationale à se produire en tchèque, cela à une époque où la langue tchèque était rejetée et méprisée.

L'importance sociale déterminante du théâtre de

marionnettes prit fin vers la moitié du XIXe siècle, à une époque où le développement de la vie nationale et des institutions culturelles le rejetait déjà à la périphérie des arts du théâtre. Durant la renaissance nationale, et peut-être même encore auparavant, les marionnettes jouèrent un rôle important dans la formation du sentiment théâtral chez les plus démunis.

Quinze ans après la mort de Matěj Kopecký parut un recueil en deux volumes de ses *Comédies et drames* rassemblés par son fils Václav. Ce recueil servit de principale source de sujets pour le théâtre dramatique d'alors, qui se complaisait dans la parodie du style des marionnettistes. La structure des pièces pour marionnettes, la conduite de l'intrigue, un pathos excessif - tout cela fournissait une quantité de possibilités à ceux qui s'étaient attaqués au style romantique et préparaient la voie à des courants plus réalistes. Bien que le théâtre de marionnettes tchèque fût tombé pendant quelque temps dans un état de stagnation dramaturgique, il réussit tout de même à influencer fortement non seulement le petit peuple, mais aussi des artistes foncièrement liés avec la nation tchèque et puisant dans l'époque contemporaine comme dans ses traditions.

Ces artistes étaient Bedřich Smetana et Mikoláš Aleš. Les couvertures de *Faust* et de la pièce *Oldřich et Božena*, composées par Smetana, et les dessins à la plume de Mikoláš Aleš en sont des preuves. Le fait que des artistes professionnels se rapprochèrent des marionnettistes vint ouvrir un nouveau domaine, insoupçonné jusque-là: des artistes de marque réagirent très tôt à la popularité des bouffonneries jouées par les marionnettes. Ils remarquèrent les liens entre l'acteur et le grand public et se rendirent compte - ce qui fut essentiel pour l'évolution du théâtre de marionnettes - de la nécessité de constituer une nouvelle base de répertoire, qui répondît au goût naturel du spectateur contemporain.

La fin du XIXe siècle vit la renaissance du théâtre de marionnettes. Ce dernier suscita l'intérêt non seulement des artistes, mais aussi des pédagogues, qui prirent conscience que ce procédé de communication visualisant émotionnellement des pensées éthiques fondamentales exerçait une forte influence sur le jeune spectateur et contribuait à sa formation.

Cette sorte de processus régénérateur fit aussi entrer le théâtre de marionnettes dans le champ visuel des théoriciens du théâtre (par ex. Arnošt Kraus et le professeur Václav Tille). C'est le professeur Jindřich Veselý (1885 -1939) qui constitua le lien entre la tradition et la modernité dans le théâtre de marionnettes; en 1909, il soutint une thèse de doctorat sur les éléments faustologiques dans le théâtre de marionnettes tchèque traditionnel. Veselý inaugura ses activités publiques en 1911, en organisant au Musée ethnographique une exposition rétrospective de marionnettes, qui fut visitée par près de 26'000 personnes. La même année, il fonda à Prague l'Association tchèque des Amis des marionnettes; en 1912 et 1913, il invita la petite-fille de Matěj Kopecký, Arnoštka Kopecká, montreuse de marionnettes renommée du sud de la Bohême, à donner une série de représentations à Prague.

Les prestations en tournée d'Arnoštka Kopecká devinrent le lieu de rendez-vous des artistes, des personnalités du monde littéraire, des savants et des journalistes du tout Prague.

Sur l'initiative de l'Association tchèque des Amis des marionnettes, apparurent avant Noël 1912 les premières marionnettes dites "d'Aleš" fabriquées en série et, l'année suivante, des décors d'artistes tchèques de grande valeur artistique, destinés aux théâtres de marionnettes familiaux et scolaires. Jusque-là, en effet, on importait les marionnettes et les décors d'Allemagne, de France et d'Italie, mais ceux-ci ne correspondaient pas au style national tchèque.

En 1912, l'Association des Amis des marionnettes commença à publier la revue Loutkař (*Le Marionnettiste*), première revue au monde à s'occuper du théâtre de marionnettes. Jindřich Veselý y informait les marionnettistes tchèques, entre autres, sur l'évolution du théâtre de marionnettes à l'étranger. De nombreux articles traitaient de l'art des marionnettes non seulement en Europe, mais aussi outre-mer, notamment en Amérique. Veselý avait réussi à nouer des contacts tant épistolaires que personnels avec de remarquables scènes de marionnettes et d'éminents marionnettistes du monde entier.

La Première Guerre mondiale vint interrompre le développement prometteur du processus de renaissance des marionnettes. Pendant la guerre, la nation tchèque intensifia sa lutte pour la libération nationale. Comme à l'époque de la renaissance nationale, les couches populaires avaient besoin d'avoir leur propre porte-parole. La sévère censure autrichienne ne permettait pas aux acteurs de théâtre de s'exprimer librement; ce n'est qu'en 1918 que naquit à Plzeň, un cabaret politique issu du théâtre de marionnettes des Colonies de vacances. Le personnage central des différents numéros était Kašpárek, qui personnifiait les traits du Tchèque aux opinions progressistes.

L'interprète de Kašpárek, auteur aussi de la majorité de ses textes, était le jeune Josef Skupa (1892 - 1957), qui commença dans cette ville sa carrière de marionnettiste. Lors du dixième anniversaire de la naissance de la République tchécoslovaque, le public reconnaissant de Plzeň inaugura une plaque commémorative pour remercier Kašpárek d'avoir contribué à l'effondrement de l'empire austro-hongrois.

Après la guerre, une nouvelle scène de marionnettes vit le jour à Prague, à côté du théâtre de marionnettes Umělecká výchova (Education artistique): Říše loutek (Monde des Marionnettes). Elle fut dirigée par le sculpteur Vojtěch Sucharda (auteur de la restauration des apôtres de l'horloge astronomique de l'Hôtel de Ville de Prague) et par sa femme, le peintre Anna Suchardová-Brichová, qui écrivit également un grand nombre de pièces pour ce théâtre.

Depuis 1928, la scène se trouve à la Bibliothèque municipale de Prague, dans une salle qui constituait à l'époque l'espace le plus coûteusement aménagé d'Europe pour accueillir des marionnettes. Le Théâtre "Umělecká výchova", qui avait dû arrêter ses activités pendant la Première Guerre mondiale, les reprit en 1921. Les directeurs en étaient les peintres Ota Bubeníček et Vít Skála, qui concentrèrent autour d'eux des artistes connus appartenant à tous les domaines et qui modernisèrent le théâtre de marionnettes en se servant de marionnettes uniquement suspendues par des fils, manipulées à partir de passerelles élevées, et d'un système de scènes coulissantes échangeables. Sur le plan dramaturgique, ils maintinrent leur position de tête grâce à leur rigueur dans le choix du répertoire.

Simultanément naquit à Plzeň un théâtre de marionnettes moderne. En 1920, apparut pour la première fois sur la scène du théâtre des Colonies de vacances le personnage de Spejbl, imaginé par Skupa, qui reçut six ans plus tard un partenaire en la personne de son fils Hurvínek, oeuvre du sculpteur sur bois Gustav Nosek. Les deux marionnettes parlaient par la bouche de Skupa, tandis que Hurvínek était manipulé par Mme Jiřina Skupová. Ces deux petits personnages constituèrent la base du Théâtre Josef Skupa, qui devait connaître une renommée mondiale. L'Union internationale des Marionnettes (UNIMA), fondée sur une initiative tchèque et française en 1929, réunit dès les premières années de son existence quatorze Etats adhérents; elle eut pour premier président Jindřich Veselý.

La Seconde Guerre mondiale vint interrompre l'activité des marionnettes à l'étranger et, plus tard, en Tchécoslovaquie. La presse nazie déclencha une campagne contre le théâtre de Josef Skupa et ses petits héros en bois, les marionnettes Spejbl et Hurvínek. Josef Skupa traça alors un nouveau programme pour son théâtre: à l'aide d'un choix de pièces appropriées, il renforça chez le spectateur tchèque la conscience nationale. C'étaient des pièces allégoriques (*Tous les jours des miracles, Bouquets odorants, Vive le lendemain*), avec lesquelles Skupa faisait la tournée des villes et des villages tchèques en dispensant courageusement gaieté et optimisme. L'arrestation de Skupa en 1944 mit fin à cette activité. Il fut d'abord détenu à la prison de Bory à Plzeň, puis, après son jugement, à Dresde, d'où il réussit à s'évader en février 1945, lors des terribles bombardements de la ville. Il rentra à Plzeň, où il vécut caché jusqu'à la libération. Dès l'automne 1945, il reprit ses représentations à Prague, dans une nouvelle salle rue Římská. Ainsi naquit son Loutkové divadelní družstvo S + H (Théâtre coopératif de marionnettes Spejbl et Hurvínek). Skupa fut nommé artiste national en 1948. Lors de la promulgation après la Seconde Guerre mondiale d'une nouvelle loi sur les théâtres, les marionnettes ne furent pas oubliées: la loi leur reconnut les mêmes droits qu'au théâtre d'acteurs. A partir de 1949, commencèrent à apparaître de nouveaux théâtres de marionnettes professionnels, avec d'autres objectifs, mais aussi d'autres problèmes. Où seraient donc aujourd'hui le théâtre de marionnettes tchèque, la renommée mondiale de Spejbl et Hurvínek, les célèbres films de marionnettes de Trnka, sans leurs prédécesseurs ambulants, ces gens sans domicile fixe qui transportaient leurs artistes en bois de village en village, sous la bâche de leur chariot.

Les marionnettes mêmes représentent une composante essentielle du théâtre de marionnettes. Le public populaire appréciait le spectacle d'après les "jolies figures", nom donné aux marionnettes par les patrons des troupes. C'est pour cela que les montreurs achetaient leurs marionnettes seulement chez des maîtres sculpteurs expérimentés, qui savaient finement tailler la tête, les bras, les jambes et le corps de la figurine. Car ce qui importait le plus était la construction de la marionnette: elle devait pouvoir marcher, s'asseoir, tourner la tête; le costume qu'elle portait devait lui aller aussi bien que sur un acteur vivant.

Les montreurs du sud de la Bohême achetaient leurs marionnettes chez le maître Mikoláš Sichrovský (1802 - 1881); il confectionnait les marionnettes dites "de Mirotice", plus petites et plus subtiles que les autres, et dont les détails des têtes étaient exécutés avec grand soin. Ces créations étaient utilisées par les dynasties de montreurs tels que Kopecký, Dubský, Lagron et d'autres. A Nová Paka, en Bohême occidentale, c'était l'atelier de sculpture sur bois des Sucharda qui fabriquait les marionnettes. Les membres les plus connus de cette grande famille étaient Antonín Sucharda et son fils du même nom (1840 - 1911), artiste sorti de l'Académie des Beaux-Arts et père du célèbre sculpteur praguois Vojtěch Sucharda (1884 - 1968). Les marionnettes de l'atelier de Nová Paka étaient connues non seulement en Bohême et en Moravie, mais aussi à Vienne et hors des frontières de l'empire austro-hongrois. Elles étaient le plus souvent hautes de 90 cm; les cheveux et la barbe étaient taillés à la mode baroque; la mâchoire inférieure des caractères populaires masculins était articulée. Les marionnettistes disaient qu'elles avaient une "gueule à claquette". Le troisième sculpteur le plus connu fut Alessi à Prague, italien d'origine, que l'on appelait aussi Alena ou Alexínek. Ses marionnettes étaient relativement chères, mais les montreurs appréciaient la jolie expression de leur visage, la qualité de leur peinture et l'exécution parfaite de leur corps, qu'Alessi taillait avec une fidélité extrême, de sorte que les costumes de ces marionnettes étaient très faciles à coudre. Jan Laštovka, marionnettiste de renom, possédait des marionnettes d'Alessi et les appréciait grandement. Parmi les marionnettistes, il y avait aussi quelques bons sculpteurs, comme par exemple Janeček, qui taillait et réparait lui-même ses marionnettes, ou Flaks du sud de la Bohême, dont les têtes de marionnettes rappelaient les sculptures populaires sur bois. Quant aux décors d'avant-scène et aux rideaux, les marionnettistes les commandaient principalement chez Josef Božka à Vlachovo Březí ou chez Vysekal à Kutná Hora.

Les marionnettes suspendues à un fil de fer étaient hautes de 60 à 90 cm. Elles étaient montées sur un gros fil de fer; des fils reliaient la croix de contrôle en bois aux mains et aux jambes de la marionnette. Ses costumes montraient une prédilection pour les couleurs vives et les accessoires brillants: armes, cuirasses et casques. Le théâtre professionnel de marionnettes de l'époque de la renaissance nationale avait consacré certains types traditionnels qui apparaissaient dans de nombreuses pièces. C'étaient principalement Kašpárek, Škrhola, des chevaliers et des brigands. En plus de la série de marionnettes que les montreurs utilisaient dans des pièces de plus longue durée, chaque patron de troupe possédait un choix de marionnettes autres, à savoir des figurines d'une construction spéciale, manipulées à l'aide d'un système de suspension particulier. Les squelettes, les trépigneurs, les jongleurs et différents genres de danses et de numéros de cirque exécutés par des marionnettes étaient très prisés. La scène des montreurs ambulants était inspirée de la scène baroque à l'italienne des théâtres d'acteurs. Le montreur ne possédait généralement pas plus de quatre décors pour les changements: forêt, place de village, chambre et salle de manoir ou de château, qu'il diversifiait à l'aide de différents accessoires. La scène n'était pas très haute (les têtes des marionnettes se perdaient presque dans les cintres); elle n'était pas non plus très profonde, mais en revanche relativement large. Cela permettait une manipulation plus facile des marionnettes, ce que rendait nécessaire le fait qu'en général, le montreur était seul pour actionner les marionnettes. De temps en temps seulement, sa femme ou les plus âgés de ses enfants venaient l'aider. Les montreurs récitaient seuls tous les rôles, tant masculins que féminins, en changeant leur voix et en utilisant les registres du ténor, du baryton et de la basse. Pour les personnages féminins, qui avaient souvent des rôles plus modestes, ils usaient du fausset. Avec le temps, les montreurs du peuple s'étaient créé une sorte d'emphase déclamatoire universelle, commune à tous les montreurs: variante popularisée et, n'hésitons pas à le dire, dégénérée de la déclamation dramatique, elle était aussi influencée par le tchèque à l'accent allemand, parlé par les cercles supérieurs, et par le tchèque d'église, déclamé d'une manière affectée. Un orgue de Barbarie fournissait l'accompagnement musical.

Le début du XXe siècle apporta un grand essor aux théâtres de marionnettes d'associations, scolaires et familiaux. Beaucoup de sculpteurs sur bois s'occupèrent à cette époque de la fabrication de marionnettes. A Prague, c'étaient surtout la famille des Chochola de Podolí, et Šroift, de Karlín, réputé notamment pour ses ressources inépuisables d'idées techniques sur la construction des marionnettes, pour l'extrême finesse de sa sculpture et pour sa parfaite connaissance des accessoires de costumes d'époque. Après 1920, les marionnettes destinées aux théâtres professionnels furent fabriquées par Gustav Nosek, Jan Vavřík-Rýz et le sculpteur académique Vojtěch Sucharda. Dans les années trente, les marionnettes taillées dans le bois cédèrent la place aux marionnettes moins chères, fabriquées en usine. Actuellement, certains théâtres professionnels s'efforcent à nouveau de relancer la production de marionnettes sculptées, dont ils se servent dans des mises en scène contemporaines.

Jindřiška Patková

ERIK KOLÁR

Il est des choses à côté desquelles nous passons pendant des années sans y faire attention, avec indifférence, même si elles ont un passé illustre. D'autres, nées des mains de l'homme, sont d'une telle singularité qu'il est tout simplement impossible de ne pas les remarquer. Au nombre de ces objets, qui vous sautent aux yeux tant ils paraissent être dotés d'une force magique, se trouvent les marionnettes, Arrêtez-vous quelques instants auprès d'elles et vous sentirez qu'il se passe quelque chose. Un diable grimaçant, un chevalier aux traits farouches, le visage couleur d'albâtre d'une princesse – tous peuvent interpeller votre subconscient, évoquer un souvenir ou susciter la nostalgie de l'enfance.

Né à Prague en 1906, Erik Kolár fut toute sa vie sensible à la force magique qui émane des marionnettes. C'est dans les années vingt, alors qu'il était encore lycéen, qu'il découvrit le charme du théâtre de marionnettes des Královské Vinohrady, jadis quartier notoire de Prague. Son baccalauréat en poche, il entreprit ensuite avec succès des études de droit à l'université Charles de Prague. Ayant décroché son diplôme, il se lança dans la vie active en tant qu'avocat. Parallèlement, il consacrait tout son temps libre aux marionnettes, écrivant des critiques, collaborant avec des théâtres et mettant en scène des pièces lui-même.

Pendant la Deuxième Guerre mondiale, le docteur Kolár, d'origine juive, devint éducateur pour enfants juifs avant d'être déporté à Terezín. Ses marionnettes l'y accompagnèrent et aidèrent de nombreux enfants à endurer le pire. Ayant lui-même survécu à la folie fasciste, il retourna à Prague où il décida d'abandonner sa carrière de juriste et de se vouer à ses intérêts artistiques. Pendant les premières années d'après-guerre, il travailla en tant que secrétaire de l'Union des Ecrivains tchèques. Le désir de transmettre à d'autres l'enchantement contagieux de la marionnette et la joie qu'elle procure, amena Erik Kolár à édifier de solides bases professionnelles pour ce genre théâtral. Dans les années cinquante, il fut co-fondateur de la chaire de marionnettes de l'Académie d'Art dramatique (DAMU) à Prague dont il sera pendant neuf ans le directeur.

Il y enseigna la mise en scène et la dramaturgie aux jeunes adeptes de l'art de la marionnette.

Ce que le monde des marionnettes ne connaît pas, à savoir rancune, haine et volonté d'imposer un ordre arbitraire, le monde des hommes le connaît trop bien. Dans les années septante, les communistes mirent la Tchécoslovaquie sens dessus dessous. Et l'histoire de se répéter. Erik Kolár fut à nouveau forcé d'abandonner ce à quoi il voulait consacrer toute sa vie. C'est de force qu'il quitta l'académie et qu'il abandonna le théâtre.

Combien de fois le printemps de la vie n'a-t-il été rompu? Il n'existe pas de force capable de détruire ce en quoi nous croyons. Erik Kolár croyait à la joie qu'apportent les marionnettes. Toute sa vie, il s'efforça d'en transmettre l'enchantement. Ses derniers pas le conduisirent à Gingins.

Jiří Středa

"Qu'est-ce qu'une marionnette de théâtre? Presque rien – un simple morceau de bois peint de plusieurs couleurs, enveloppé dans des oripeaux bariolés et suspendu à un fil de fer.
Mais si vous la placez dans un espace et une lumière convenables, si vous lui faites don de mouvements et de paroles appropriées – alors vous la verrez soudain s'animer et devenir une oeuvre d'art; elle acquiert alors son style propre, qui est son grand avantage. A elle seule, cette petite merveille artistique constitue tout un monde. Aux adultes elle évoque un univers insolite; aux petits, elle apporte joie et enseignements: De ce fait, la marionnette de théâtre est nécessairement une partie intégrante de la culture nationale."

Ladislav Šaloun, 1942

MARIONNETTES TCHÈQUES DES COLLECTIONS DU NÁRODNÍ MUZEUM (MUSÉE NATIONAL) DE PRAGUE

Première représentation d'une marionnette en Bohême: ostensoir de Maxmilian Biber, prédicateur luthérien clandestin. Pour dissimuler sa vraie destination, l'ostensoir avait la forme d'une marionnette. Gravure sur bois, Prague, 1590, bibliothèque du Národní muzeum (Musée national) de Prague.

Premier placard conservé, destiné à la représentation, au théâtre Špork à Prague en 1713, de la pièce pour marionnettes *Hercule und Alceste*.

Marionnettiste ambulant portant sur le dos sa hotte (dite armoire à lorgnette). Celle-ci servait de lanterne magique pour des projections rudimentaires ainsi que de scène de théâtre pour des marionnettes à gaine.

AVVISO AL PUBBLICO.

Girolamo Renzi Venéto desideroso servir la Nobiltà loro con il divertimento di un Castello con 40 figure di Burattini si fa coraggio d'invitarli per il dì

Esso li servirà con la famosissima Burletta intitolata LA GARA DE' ZANNI, in tre Atti molto Ridicola.

Vi saranno poi Intermezzi nuovi, e si darà principio in questa sera

Se alcuno brama il divertimento suddetto nella sua Casa, lo farà avvertito un giorno avanti.

E spera dalla benignità di tutti li Signori, che verranno ad onorarlo con la loro presenza, d'incontrare una piena soddisfazione, che si promette con la sicurtà, che farà ogni sforzo per renderli contenti.

Le seguenti Rappresentazioni saranno tutte scielte dalle migliori che si usano nel Teatro Italiano, parte di quelle saranno le seguenti:

Il Gran Basilisco	Le Disgrazie di Pulcinella
Pulcinella Cuoco	I Due simili
Li Quattro Elementi	Il Figliuol Prodigo
Pulcinella Mago per fortuna	Pulcinella Assassino di strada
Pulcinella Corrier straordinario	Pulcinella Principe per Magìa
Comare Checa, e la Comare Chaca	Pulcinella Mercante di pignatte
	Le Astuzie di Pulcinella
Pulcinella Ladro in campagna, e galantuomo in Città	Amore, e Gelosia
	Pulcinella Principessa
I Mondi nuovi, ed i Mondi vecchi	La Casa con due Porte
La Nascita di Pulcinella	Pantalone Schiavo in Algeri
La Gara de' Zanni	La Testa incantata
Il Sicario innocente	Il Servo sciocco
Il Cuccù immaginario	Pulcinella compagno del Diavolo
La Confusione d'amore, e gelosia	Il Gran Convitato di Pietra.

Si pagano all' ingresso

Si da principio nella Casa del Sig.

E se alcuno bramasse vedere il suddetto divertimento in sua Casa, lo farà avertito un giorno avanti.

Répertoire du marionnettiste italien Rizzi qui joua en Bohême, 1777.

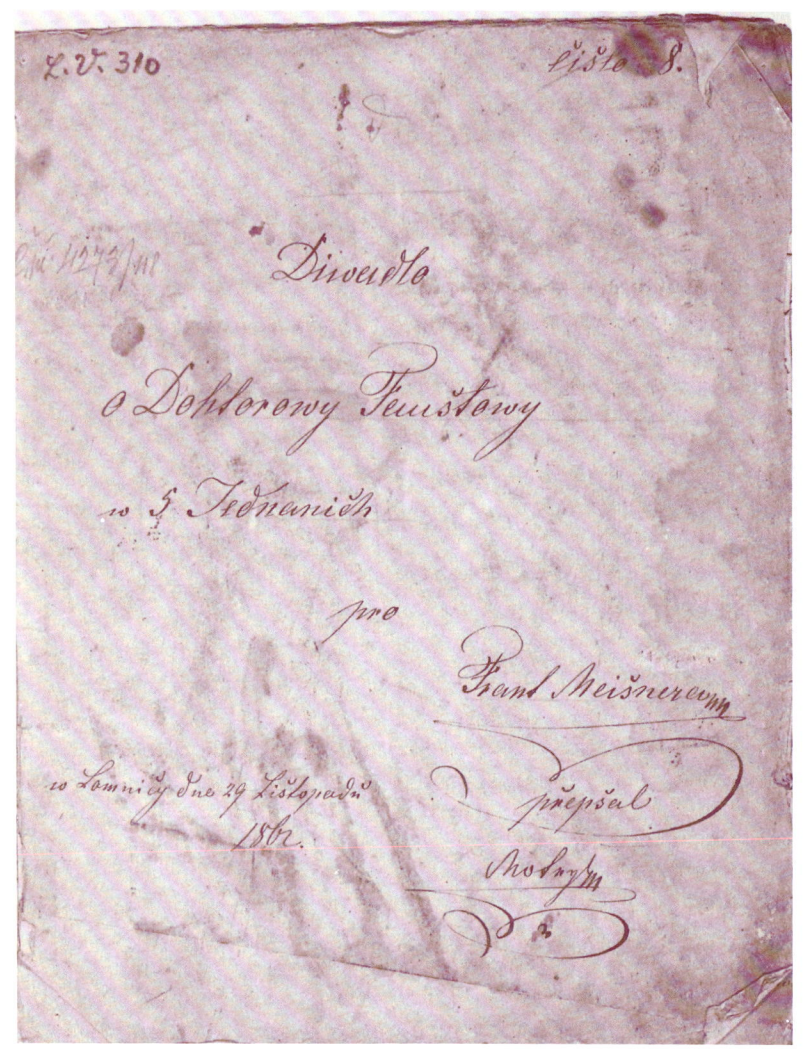

Feuille de titre du manuscrit de la plus connue des pièces pour marionnettes, Doktor Faust, écrite par le marionnettiste populaire František Maizner en 1862.

Affiche pour cette pièce jouée au Théâtre Maizner.

Chariot et marionnettes
d'Arnoštka Kopecká.
Photographie de 1906.

Arrivée au village d'un montreur de marionnettes. Dessin de Mikoláš Aleš, 1890.

Marionnettes de montreurs populaires

MARIONNETTES DE MONTREURS POPULAIRES

Rideau du théâtre de la
marionnettiste populaire
Arnoštka Kopecká.

MARIONNETTES DE MONTREURS POPULAIRES

Marionnettes d'Arnoštka Kopecká, deuxième moitié du XIXe siècle.

FONDATION NEUMANN · GINGINS

Marionnettes du montreur populaire Bohumil Habich, fin du XIXe siècle.

FONDATION NEUMANN · GINGINS

Marionnettes du montreur populaire Šalmon, fin du XIXe siècle.

MARIONNETTES DE MONTREURS POPULAIRES

Marionnettes du montreur populaire Vocásek, fin du XIXe siècle.

MARIONNETTES DE MONTREURS POPULAIRES

Marionnettes du montreur populaire Vocásek, fin du XIXe siècle.

FONDATION NEUMANN • GINGINS

1	2
3	

1
Marionnettes du montreur populaire František Dubský, deuxième moitié du XIXe siècle.

2
Marionnettes du montreur populaire Jan Vída, deuxième moitié du XIXe siècle.

3
Marionnettes d'un montreur populaire de la région de Příbram, deuxième moitié du XIXe siècle.

FONDATION NEUMANN · GINGINS

Scène de la pièce Doktor Faust: ensemble de différentes marionnettes, fin du XIXe-début du XXe siècle.

MARIONNETTES DE MONTREURS POPULAIRES

MARIONNETTES DE MONTREURS POPULAIRES

Scène champêtre: ensemble de marionnettes des montreurs populaires Janeček et Šimek, fin du XIXe-début du XXe siècle.

FONDATION NEUMANN · GINGINS

FONDATION NEUMANN · GINGINS

Marionnettes du montreur populaire František Dubský, premier tiers du XXe siècle.

MARIONNETTES DE MONTREURS POPULAIRES

Marionnettes du montreur populaire Janeček, fin du XIXe-début du XXe siècle.

Marionnettes de Josef Chochola, XIXe siècle.

MARIONNETTES DE MONTREURS POPULAIRES

Rideau du marionnettiste populaire Václav Šimek, seconde moitié du XIXe siècle.

Marionnettes du montreur populaire Václav Šimek, fin du XIXe-début du XXe siècle.

FONDATION NEUMANN • GINGINS

Marionnettes représentant
des personnages du théâtre
de variétés: danseurs,
jongleurs, acrobates,
écuyers et contorsionnistes,
fin du XIXe-premier tiers du
XXe siècle.

FONDATION NEUMANN • GINGINS

Marionnettes représentant des personnages du théâtre de variétés et appartenant à plusieurs marionnettistes populaires: danseurs, jongleurs, acrobates, écuyers et contorsionnistes, fin du XIXe et le premier tiers du XXe siècle.

Marionnette dite "ramoneur". Son costume a beaucoup de poches abritant de petites marionnettes, toutes reliées à une seule croix de contrôle. Au son de la fanfare, toutes ces marionnettes apparaissent en même temps pour commencer la représentation.

Marionnettes des Theatres d'Associations

MARIONNETTES DES THEATRES D'ASSOCIATIONS

Marionnettes d'Antonín Šroift, premier tiers du XXe siècle.

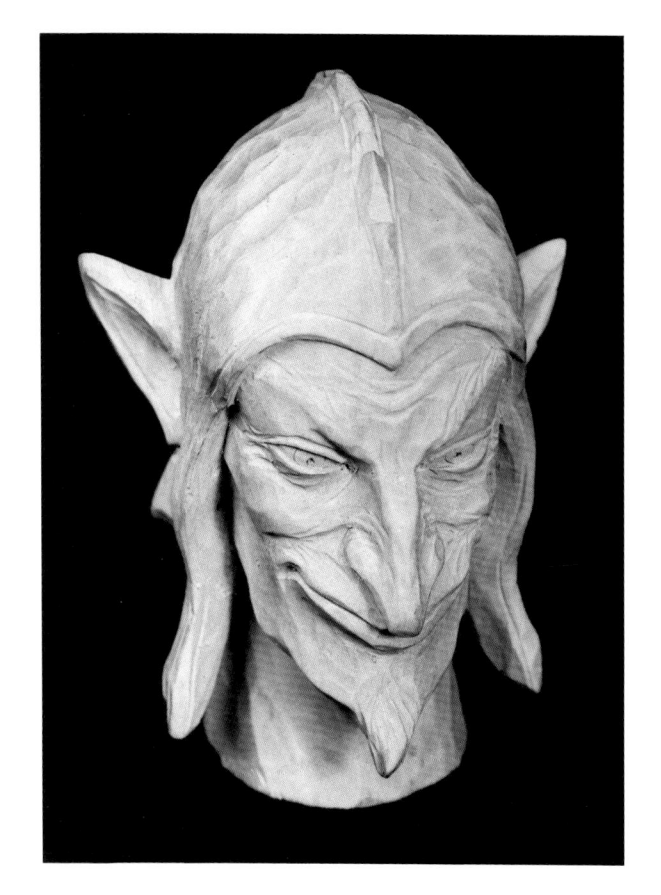

MARIONNETTES DES THEATRES D'ASSOCIATIONS

Têtes des marionnettes d'Antonín Šroift.

FONDATION NEUMANN · GINGINS

43

FONDATION NEUMANN · GINGINS

Marionnettes de Zdeněk Kratochvíl et de Štěpán Zálešák, 1914.

MARIONNETTES DES THEATRES D'ASSOCIATIONS

Marionnettes de Karel Štapfer, vers 1920.

Marionnettes de Ladislav Šaloun, 1929.

MARIONNETTES DES THEATRES D'ASSOCIATIONS

Marionnettes de Vít Skála, ▲
Bohumil Buděšínský,
František Vojáček et
Vladimír Leština du théâtre
Umělecká výchova
(Education artistique),
Prague, 1914–1952.

Marionnettes de Vít Skála
du théâtre de marionnettes
Umělecká výchova
(Education artistique),
Prague, 1926.

FONDATION NEUMANN ■ GINGINS

Dessins de marionnettes par Ladislav Šaloun pour le conte de fée de Božena Němcová *Comment Jaromil a trouvé son bonheur*, théâtre Umělecká výchova (Education artistique), Prague, 1914.

FONDATION NEUMANN · GINGINS

Dessins de marionnettes par Ladislav Šaloun pour le conte de fée de Božena Němcová *Comment Jaromil a trouvé son bonheur* – théâtre Umělecká výchova (Education artistique), Prague, 1914.

Dessins de marionnettes pour la pièce *Pierre philosophale*.

MARIONNETTES DES THEATRES D'ASSOCIATIONS

Scène d'un conte de fée tchèque racontant l'histoire de trois amis dont l'un était très grand, l'autre très gros et le dernier avait une vue perçante. Marionnettes de Vojtěch Sucharda du théâtre Říše loutek (Au Monde des marionnettes), 1936.

MARIONNETTES DES THEATRES D'ASSOCIATIONS

Dessins de marionnettes fabriquées de pièces façonnées au tour par Anna Suchardová-Brichová. Théâtre Říše loutek (Au Monde des marionnettes), étude non réalisée, vers 1925.

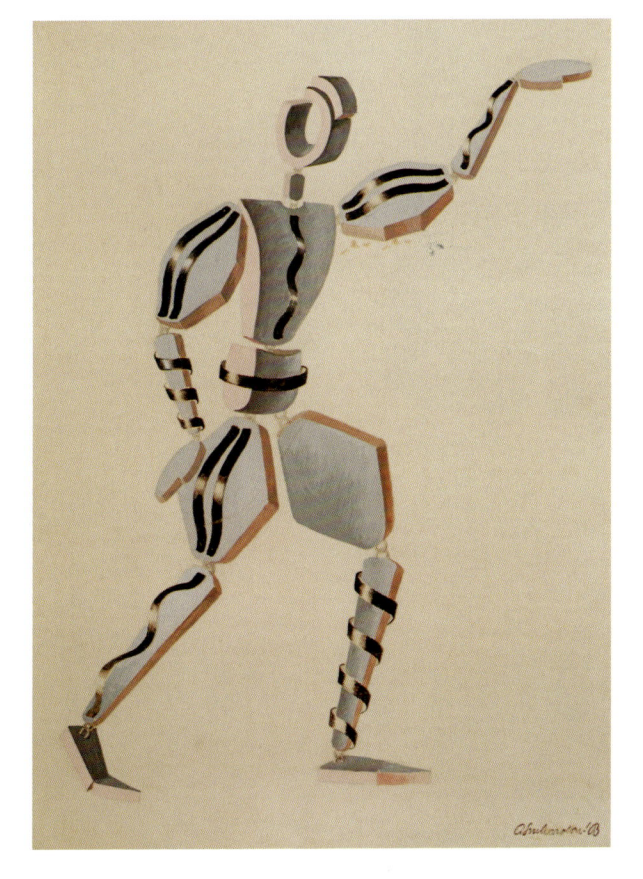

FONDATION NEUMANN ▪ GINGINS

FONDATION NEUMANN · GINGINS

Les deux marionnettes "Spejbl", créé par Josef Skupa en 1920, et "Hurvínek", créé par Gustav Nosek en 1926. Théâtre de marionnettes du professeur Josef Skupa.

MARIONNETTES DES THEATRES D'ASSOCIATIONS

Theatres de marionnettes familiaux

THEATRES DE MARIONNETTES FAMILIAUX

Marionnettes plates dessinées par Mikoláš Aleš pour le petit théâtre familial de Mme Bakovská.

THEATRES DE MARIONNETTES FAMILIAUX

Marionnettes plates dessinées par le peintre Mikoláš Aleš pour le théâtre de marionnettes de ses enfants, 1887.

FONDATION NEUMANN · GINGINS

59

FONDATION NEUMANN · GINGINS

Marionnettes pour un petit théâtre familial de Prague-Vinohrady, fin du XIXe siècle.

Marionnettes fabriquées par le sculpteur sur bois Škorpil pour un petit théâtre familial, début du XXe siècle.

THEATRES DE MARIONNETTES FAMILIAUX

Marionnettes d'un petit théâtre familial de Prague-Letná, fin du XIXe siècle et Marionnettes créées par Karel Svolinský pour le petit théâtre familial, 1930.

Marionnettes du sculpteur sur bois Šplíchal de la ville de Třebíč, pour un petit théâtre familial, fin du XIXe siècle.

THEATRES DE MARIONNETTES FAMILIAUX

Théâtre de marionnettes familial, Prague, 1906. Détail d'une scène.

FONDATION NEUMANN • GINGINS

Théâtre de marionnettes familial du genre allemand, fin du XIXe siècle.

Théâtre de marionnettes familial, Prague, 1930.

FONDATION NEUMANN · GINGINS

Marionnettes fabriquées en série provenant de l'atelier d'Antonín Münzberg, 1920.

Petit théâtre de marionnettes rangé dans un bahut, fin du XIXe-début du XXe siècle.

THEATRES DE MARIONNETTES FAMILIAUX

Décors dessinés par des artistes tchèques renommés pour des théâtres de marionnettes, 1913.

1	2
3	4

1 – Chambre paysanne par Stanislav Lolek
2 – Village par Karel Štapfer
3 – Détail d'une chambre paysanne par Stanislav Lolek, avec marionnettes.
4 – Château oriental par Marina Alšová-Svobodobá

THEATRES DE MARIONNETTES FAMILIAUX

Décor d'un théâtre de marionnettes familial par Artuš Scheiner, Prague, 1936.

Jeu de marionnettes fabriquées en série pour des théâtres familiaux dans l'atelier d'Antonín Münzberg et vêtues de costumes historiques dessinés par Svatopluk Bartoš en 1930.

FONDATION NEUMANN · GINGINS

FONDATION NEUMANN · GINGINS

THEATRES DE MARIONNETTES FAMILIAUX

Jeu de marionnettes fabriquées en série pour des théâtres familiaux dans l'atelier d'Antonín Münzberg et vêtues de costumes historiques dessinés par Svatopluk Bartoš en 1930.

ORDRE

5	Introduction-Helen Bieri
7	Le théâtre de marionnettes tchèque – Jindřiška Patková
12	Hommage a Erik Kolár – Jiří Středa
13	Qu'est-ce qu'une marionnette de théâtre? – Ladislav Šaloun
15	Illustrations (Marionnettes tchèques)
23	Marionnettes de montreurs populaires
41	Marionnettes des théâtres d'associations
57	Théâtres de marionnettes familiaux

Ce livre paraît à l'occasion de l'exposition "Marionnettes du Musée national de Prague" organisée par la Fondation Neumann, Gingins. 5 septembre 1996 – 2 février 1997. L'initiative en revient à la Fondation Neumann, 1276 Gingins, Suisse.

En couverture: page 1 – marionnette du montreur populaire Šimek, fin du XIXe-début du XXe siècle.
page 4 – Jeu de marionnettes fabriquées en série pour des théâtres de marionnettes familiaux, Svatopluk Bartoš, 1930.

Les marionnettes tchèques présentées proviennent toutes des collections du Národní muzeum (Musée national) de Prague.

Conception de l'exposition: Jindřiška Patková et Jan Michálek.
Directeur de publication: Jindřiška Patková.
Textes: Jindřiška Patková, Jiří Středa et Helen Bieri, 1996.
Photographies: Jan Michálek et Vlasta Dvořáková, 1996.
Maquette et couverture du catalogue: Ludvík Schindler.

Imprimé en République tchèque

ISBN 2-940125-03-8

Copyright: Fondation Neumann, Gingins et les auteurs, 1996